LE SIÉGE
DES
MINISTÈRES
OU
LA COALITION.

HISTOIRE POÉTIQUE ET PARLEMENTAIRE
DES DEUX CHAMBRES DE 1839.

ÉPOPÉE EN SIX CHANTS.

PAR OCTAVE DESJURAS.

SECONDE ÉDITION.

PARIS,

LEDOYEN, GALERIE D'ORLÉANS, 31. PALAIS-ROYAL.

JULES LAINÉ, RUE VIVIENNE, 12, ET PASSAGE VÉRO-DODAT.

DUFOUR, SUCCESSEUR DE PERROTIN, PLACE DE LA BOURSE, 1.

1839

Pendant que les deux partis se disputaient les élections et s'écriaient que la France était perdue si le pouvoir tombait, ou restait aux mains de leurs adversaires politiques, il nous a plu de mettre en scène leurs premiers combats. Si nous avons eu le courage de peindre, sous un point de vue plaisant et ridicule, les tripotages de la crise actuelle, et les tristes bouffonneries de nos hommes d'état, c'est que le ridicule tue aussi bien que la satire. Non, la France n'attend pas la paix ou la guerre, selon que tel homme politique, tel ambitieux, aura choisi son drapeau ou formulé son système, pour arriver au pouvoir ou le conserver.

La France sera grande et forte avec ou sans MM. Molé, Thiers, Guizot, Soult et compagnie. Il y a quelque chose de plus fort que les intrigues et les systèmes politiques ; c'est la force des choses.

Que si l'on nous blâme d'avoir mis en avant des noms propres, accompagnés de harangues plus ou moins ridicules et d'opinions plus ou moins hasardées, nous répondrons que tous ces hommes sont du domaine public; que chaque jour dans les journaux ils subissent le blâme ou la louange; et qu'il n'est pas un de nos honorables qui, dans les élections, n'ait répandu plus de fiel et de bile contre ses adversaires politiques, que nos quelques pages n'en contiennent.

Au point de vue littéraire et poétique nous nous sommes permis les rimes les moins riches et les plus hasardées, les hiatus, les inversions et les empiétemens les plus audacieux; nous donnons sur ce point toute latitude à la critique de profession et aux mordants feuilletonistes, n'étant pas poètes de notre métier.

CHANT PREMIER.

Argument. Introduction. Invocation. Le banc des ministres. Songe du comte Molé. Les deux camps. Revue des chefs et dénombrement des partis. Les doctrinaires, le centre gauche, la gauche dynastique, l'extrême gauche, l'extrême droite. Les centrus ministériels.

Janvier.

Mil-huit-cent-trente-neuf ! grande et terrible année
Où sur nos députés hurlante déchaînée,
La discorde a semé ses plus âpres poisons ;
Mil-huit-cent-trente-neuf ! c'est toi que nous disons.

Mon poème sera grandiose et sublime.
Phœbus ! toi qui perché sur la plus haute cîme
Du Pinde ou d'Hélicon, regarde de travers
Le barde infortuné qui fait encor des vers ;

(De nos jours, tu le sais, on est poète en prose?)
Pardonne, Dieu des vers, pardonne-moi si j'ose
A ton brûlant hôtel poser mes doigts transis ;
Sur le trépied sacré quand le barde est assis,
Comme la pythonisse en son divin délire,
Il faut chanter, il faut faire vibrer la lyre ;
Enfourcher à tout prix ton fantasque coursier ;
Dût-on, ô désespoir, tomber...! chez l'épicier !

Je chante des combats ; une longue épopée
Va naître sous ma plume au feu du ciel trempée,
Trop heureux parlement! par ma lyre chanté,
Tu marches, de ce pas, à l'immortalité.

Dans son vaste palais la chambre est assemblée ;
De cinq cents députés cohue entremêlée ;
Carlistes et gauchiers, radicaux et centrus,
Dans ces premiers momens s'agitent confondus.
Sur l'ardent parlement le grand Dupin préside ;
Sarcastique orateur, à l'air rogue et rigide,
Sa sonnette a bien moins, sur nos législateurs,
D'empire que sa bile et ses lazzis moqueurs.
(Auprès des deux partis son influence baisse ;
Il est neutre, dit-on). On discute l'adresse,

Monotone discours, champ-clos que les débats
Ont pris, pour s'essayer à de plus grands combats;
Parlage officiel, où le pouvoir suprême
Vient dire aux députés: «Vous m'aimez, je vous aime.»

. . . .
. . . .
. . . .

Dans les groupes partout les chefs se prodiguant,
Vont ranimer l'ardeur du soldat chancelant :
Avant de s'élancer dans l'arène et d'y mordre,
Chaque parti s'en va recevoir le mot d'ordre.
Voyez circuler Thiers, Guizot et Duvergier,
Barrot, Garnier-Pagês, l'éloquent Berryer :
Turbulens députés, amis de la tribune,
Qui contre le pouvoir gardent toujours rancune,
Las, tant qu'ils n'y sont pas.

Il s'agit en ce jour
D'attaquer sur leur banc ces mignons de la cour :
Le comte Molé, chef d'un cabinet débile ;
Montalivet toujours à ses ordres docile ;
Martin, Barthe à l'œil faux ; Lacave le banquier,
Rosamel le marin, et Bernard le guerrier.

Salvandi, d'Alonzo le père somnifique,
Prenant d'Antinoüs la pose académique.
Voilà les huit objets de mépris et d'horreur,
Qu'il s'agit d'expulser de leur banc de douleur.

En face du fauteuil où Dupin se prélasse,
Il est un banc restreint où chacun voudrait place ;
Rembourré d'édredon, d'écueils et d'ennemis,
De gros appointemens, et de petits soucis.
Là, huit heureux mortels choisis par la couronne,
Soutiennent de l'État la pesante colonne.
Là, tout ministre admis enfourche le cheval
De la prérogative et du pouvoir royal ;
Et s'écrie à grand bruit : « Mais je crois que l'on ose
» M'attaquer sur mon banc ! mais c'est l'ordre de chose ;
» Mais c'est l'état, le roi, qu'attaquent vos desseins,
» Vos projets radicaux, vos discours assassins.....
» D'un principe immortel, d'une charte sublime
» Ici je périrai, s'il le faut, la victime ! »

Pauvre homme ! allez plus loin pousser vos cris de deuil.
Mon ami, l'on n'en veut qu'à votre cher fauteuil.

Notre parlement donc, que déjà la nuit presse,
Formulait à grand bruit sa réponse à l'adresse,

Et ne pouvant s'entendre, ajournait à demain
Et ses cris et sa bile, et ses discours sans fin.

Minuit ! Molé dormait : l'atlas du ministère,
Dévoué presque seul à la besogne amère
De soutenir le poids du tremblant cabinet,
Comme un simple mortel, le grand Molé dormait ;
Des travaux du forum l'âme encor triste et lasse,
Sur ses moelleux coussins tandis qu'il se délasse,
Un rêve, un rêve affreux, présage de malheur,
Vient comme un cauchemar opprimer son grand cœur.

Il lui semblait qu'assis à sa place ordinaire,
A la chambre il trônait, seul chef du ministère ;
Que les centres émus, rapprochés à sa voix,
Votaient sans discuter trente à quarante lois ;
Que la gauche cédant à sa mâle éloquence,
Le saluait vainqueur par son morne silence ;
Il s'écoutait parler, et ses nobles amis
Les yeux fixés aux siens, applaudissaient ravis.
Molé se prélassait dans sa douce fortune.

Tout à coup, surgissant du pied de la tribune,
Un monstre affreux paraît : de ses brûlans regards,

Au banc du ministère il darde les poignards.
De corps incohérens diabolique assemblage,
De ses mille gosiers rien n'égale la rage.
Bète apocalyptique, ou serpent furieux,
Sa croupe se dérobe aux regards curieux.
Il est tout tête et voix; de corps peu, mais ses bouches
Dardent mille venins ; ses regards fauves, louches,
Se fixent sur Molé, plus qu'à demi vaincu
Sous le prestige affreux d'un pouvoir inconnu.
Il veut pousser au monstre et de sa voix guerrière,
Le faire, aux yeux de tous, rentrer dans la poussière;
Il parle, mais le monstre en mugissant trois fois,
A refoulé les sons de sa tremblante voix ;
Il ose à peine au front de l'animal vorace
Lever un œil timide et connaître sa race;
Son œil se trouble ; alors, saisissant son lorgnon,
Il lit en traits de sang..... LA COALITION ! ! !
La coalition ! mot affreux, fatal mythe !
Molé dans ce moment sent l'espoir qui le quitte ;
Vaincu, pétrifié, le désespoir au cœur,
Il tombe..... et se réveille inondé de sueur,
Étouffant : car sa main, dans son rêve tragique,
A saisi ses papiers, fatras diplomatique,
Et son lit parsemé de l'énorme dossier,

Semble d'un procureur être le noir chantier.
On dit même, l'on dit, mais je n'ose le croire,
Qu'ouvert et renversé, dans ce triste déboire,
Son portefeuille noir contre lui révolté,
Le coiffait comme un vil bonnet de liberté ;
Et Tytan terrassé sous la montagne dure,
Molé ne respirait qu'à travers la serrure.
Hélas ! ce rêve affreux était la vérité
Héros du quinze avril plus de sécurité.

La Coalition! c'est le monstre qui gronde;
Océan déchaîné qui fait bondir son onde ;
Qui vient livrer sans cesse un périlleux combat
Au pesant paquebot, au vaisseau de l'État.
C'est le bélier d'airain, l'opinion publique,
Qui sappe incessament l'instrument rachitique
Nommé gouvernement, ministère, pouvoir :
C'est à l'œuvre, messieurs, que nous allons la voir.

Muse des grands combats de l'épopée antique,
D'Homère le Crétois, de Maron l'Italique,
A moi, petit neveu d'Arioste, de Milton,
Viens !..... mais je sens déjà ton inspiration ;
La fougue des héros s'empare de mon âme ;

A moi mon page ! à moi l'écharpe de ma dame !
Mon casque étincelant, mon glaive, mon coursier !
Que je revienne *avec* ou *sur* mon bouclier !
J'entends mugir l'airain, le clairon nous appelle ;
Mais non... Pleurez mes yeux cette époque si belle;
Nos chevaliers sont morts, nos héros ne sont plus !
L'on ne combat que pour ou contre les centrus :
Au lieu du fier tournoi, de l'arène qui fume,
Las ! on ne joûte plus qu'à la langue, à la plume;
Nos glaives sont rouillés, nos aigles abattus ;
Pleurez, mes yeux, pleurez; notre gloire n'est plus !

Les deux camps sont rentrés dans l'arène bruyante ;
Voyez-vous s'avancer avec sa troupe ardente,
Guizot le grand rhéteur, le pédant bien appris,
Chef irritable et sec que la doctrine a pris.
Son ardent écuyer, Duvergier de Hauranne,
Immédiatement s'avance d'un air crâne :
Duchatel, Rémusat, les deux frères Périer,
Anisson, Barrada, Dejan, Dumont, Janvier,
Magnoncour et Jaubert, trente autres doctrinaires,
Bouffis d'ambition dans leurs ardeurs guerrières,
Piscatory, Vitet, Kerbertin, Tavernier ;
Et toi, fougueux Persil, tu marches le dernier.

Puis vient le centre gauche, imposante cohorte ;
Monté sur un coursier qui se câbre et s'emporte
Thiers le commande, Thiers, ce brillant orateur,
Ce parleur incisif, grand improvisateur.
Au bruit qu'il fait (n'était sa trop petite taille,)
Dieu me damne, on dirait le chef de la bataille.
L'Achille in-trente-deux, d'un trop long repos las,
Se retrempe avec joie au doux bruit des combats.
Puis viennent sur ses pas Étienne, la Redorte,
Sauzet qui pour parler n'y va pas de main morte,
Chaix d'Estange, Calmon, Cotelle, Estancelin,
Bernard, Bastard, Billaud, Belaire et Caumartin,
Dufauré, Dulongrais, Dussaud, Fould et Berville,
Gauguier, Gouin, Legentil, Ganneron, Malleville,
Leyraud, Le Long, Legrand, Monier, Mangin, Moreau,
Royer, les deux Passy, Mornay, Motet, Muteau,
Pérignon, Robineau, Lescot la Millandrie.
La liste, chers lecteurs, est loin d'être finie !
Si je voulais; Sapey, Simmer, Trutat, Vatry,
Tessier et Tourangin, Vivien, Vejux, Vuitry,
J'allais oublier His, Oger, la Mirandole,
Sevestre, Talabot..... toute la rocambole,
Qu'on nomme tour-à-tour parti Thiers, tiers parti.
Leur bataillon est fier, menaçant, aguerri ;

Mais désunis entre eux, incertains de la route,
Beaucoup de ces guerriers se tiennent dans le doute,
Pensant à l'avenir, craignant de faire cheoir
Ce banc où chacun d'eux un jour pourra s'asseoir.

Voici venir après la gauche monarchique,
Bataillon sérieux, calme et mélancolique.
Barrot, mâle orateur, comme un consul romain,
De son geste imposant lui montre le chemin.
Et le brillant Mauguin, son rival d'éloquence,
Soumis à ses côtés au même but s'avance.
L'ex-gouverneur d'Alger, Clausel, le maréchal,
Accepte sans regret Barrot pour général.
Lafitte, uni jadis au pesant portefeuille,
Les suit en regrettant sa forêt de Breteuille.
Nommerai-je Bacot, Ballot, Boirot, Cordier,
Charlemagne, Berger, Chaigneau, Chenais, Mercier,
Demarçay, Desjaubert, Isambert, Ladoucette,
Golbéry, Corne, Drault, Havin, Laidet, l'Herbette,
Glais-Bizoin, Lanjuinais, Marchal, Les deux Mathieux,
Boudousquié, Taillandier, Desabe, Letourneux,
Nicod, Perrin, Pierron, Desade, Lafayette,
Saget, Selves, Tracy, Luneau, Tribert, Quinette,
Flourens, Genoux, Maignol, Sdhsiéger, Monthiéry,

Juynen, Kœkhin, Jouvet, Gauthier de Rumilly,
Ils sont plus de soixante.

Et toi donc gauche extrême,
Fraction de parti concentrée en toi-même,
Toi qui vises plus haut (dit-on), qu'au cabinet;
Toi qui veux nous coiffer du phrygien bonnet;
Niveler toute chose, et sur cette ruine,
Des temps républicains relever la cassine,
Abattre tout d'abord, sauf à construire après,
Tu marches sur les pas de ton tribun Pagès;
On compte dans tes rangs Larrabit et Chambolle,
De l'opposition Dupont jadis l'idole;
Arago, Subervic, Thiars, Touret, Grammont,
Boyer, Martin, Michel, Auguis et Barillon.
Et Timon-Cormenin, bilieux pamphlétaire,
Marquis démarquisé, te sert de secrétaire.

. . . .

. . . .

Voyez-vous manœuvrer, mais à l'aile opposée,
En nuances sans fin la droite divisée.
Légitimistes purs, carlistes, henriquins,
Ces guerriers au combat marchent fiers et hautains.
D'un régime tombé prôneurs vains et débiles,

D'un pouvoir qui n'est plus défenseurs inutiles,
S'ils savaient vivre entre eux bien unis et d'accord,
Leur phalange au combat pourrait compter encor.
Mais aucun d'eux ne peut chanter la même antienne;
Tel jure par l'*Europe*, ou par la *Quotidienne*;
L'un voudrait rétablir les états généraux,
L'autre le droit divin et les droits féodaux.
Sous leur pâle drapeau la foule n'est pas grande :
Voici Valmy, Béchard, Blin, Paranque, Staplande,
Duquillio, Dugabé, Callemard, Hennequin,
Raibaud, Pontes, Vallon, Lespinasse, Ranchin.
Sans leur chef, sans sa noble et puissante faconde,
Ils seraient inconnus, confondus à la ronde,
Dans les rangs voisins ; mais à ce groupe guerrier
C'est toi, grand orateur, qui commandes... Berryer!

Muse, qui chantera cette troupe si fière
Dite du centre droit, qui s'agite derrière
Le banc où Molé siége avec ses sept amis,
Autour de son grand cœur pressés et réunis?
Qui dira les cordons, les croix, les épaulettes,
Les panaches flottants, les brillantes aigrettes,
Les conseillers d'état, les savants amiraux,
Directeurs et préfets, procureurs-généraux,

Autres gens du parquet, puissants fonctionnaires ;
Armée inféodée à tous les ministères
Du passé, du présent, même de l'avenir ?
Des couloirs trop étroits on les voit accourir.
Pour beaucoup il s'agit d'être ou de ne pas être.
Les nommerai-je tous selon qu'ils vont paraître ?

Voici venir Bertin, Dhoudetot, Fulchiron,
Barbet, Jacqueminot, Lefebvre, Chassiron,
Edmond Blanc, Chegaray, Gay-Lussac et Laporte,
Jobard et Ledéan, Vigier, Marmier, Lacoste,
Lamy, Parant, Paixhans, Jolivet et Goupil,
Janet, Collin, Pouillet, Dalloz et le gros Thil,
Delessert et Bignon et Pagès de l'Ariège,
Le monstrueux Prunel qui fait craquer son siége,
Girardin, Fumeron, Lespinasse, Paillard,
Gridaine, Champlâtreux, Harlé, Jars et Bompard,
Jussieu, Jouvencel, Champanhet et Chapelle,
Clogenson et Clément, Lebœuf et Lavielle,
Lemaire, le Sergent, Lavocat, Lemercier,
Bugeaud, Cadean, Pétot, Laurence, Meynadier,
Et toi, barde sacré que la muse domine,
Mon bel ange déchu, mon noble Lamartine,
Délaissant le Liban, le Pinde et l'Hélicon,

Tu marches avec eux, député de Mâcon.

A ce grand nom je veux terminer mon antienne.
A les connaître tous je ne crois pas qu'on tienne :
Leurs noms pour la plupart n'ont pas le sens commun ;
Mais leur nombre est fatal... Ils sont deux cent vingt-un (*).

(*) La chambre se divisait ainsi : Doctrinaires, 31. Parti Thiers, 87. Parti Barrot, 65. Parti Pagès, 22. Extrême droite, 15. Centre droit et quelques membres du centre gauche, 221. (Officiel.)

CHANT DEUXIÈME.

Argument. Invocation à la paix. Harangues de MM. Liadière, Guizot, Molé, Thiers, Montalivet. Défaillance de M. Montalivet. Incident. M. Duvergier à la tribune. Réplique de M. Molé. Tumulte affreux. Adresse de M. Dupin.

Amis, ah que la paix est une douce chose !
Que je hais les combats ! c'est à peine si j'ose
Sur mon luth fatigué continuer ces chants.
Les débats, je le crains, vont devenir sanglans !
O vous, dont j'ai gardé la douce souvenance,
Je vous souhaite à tous, amis de mon enfance,
La paix ! la douce paix ! C'est pour votre bonheur
Le souhait le plus vif que vous fasse mon cœur.

La paix avec vos gens, avec votre maîtresse;
Avec le créancier dont le solde vous presse.
La paix avec vos chefs, si vous êtes soumis,
A ces petits tyrans des malheureux commis;
Si, directeur... la paix auprès de vos actrices;
Si, député... la paix avec les électrices.
A tout mortel enfin qui veut être enterré,
La paix morbleu, la paix, à l'endroit du curé.
J'ignore le destin qui sera mon partage,
Mais si jamais, amis, je me mets en ménage,
Je ne demande au ciel, pour supporter ce faix,
Qu'un seul petit présent (il est rare), la paix!

Qui des coalisés ou du fier ministère
Porta les premiers coups? ce fut toi Liadière,
Enfant perdu du centre, aide-de-camp de cour,
Ce fut toi qui frappas le premier en ce jour.

«Messieurs, dit-il, c'est chose étonnante, incroyable,
» Que la présente guerre. Oui, je me donne au diable,
» Quand je vois contre nous pleins d'ire et de courroux,
» Des hommes qui jadis marchèrent avec nous,
» Quand à des factieux ensemble faisant tête,
» Nous enfoncions l'émeute, et chargions la tempête.

» La tempête n'est plus sur les pavés... Oui dà !
» L'orage vient de vous... et l'émeute ! elle est là.

» Oh ! trop ingrats amis, Guizot, Thiers et les autres,
» Du pouvoir avec nous jadis si bons apôtres,
» C'est vous qui, fiers tribuns, l'attaquez aujourd'hui !
» Vous vous coalisez, (Dieu me damne !) avec qui !
» Vous osez vous liguer avec de pareils êtres ?
» Vous vous suicidez sans retour, ô mes maîtres !
» Ex-ministres vainqueurs de l'opposition,
» Vous êtes remorqués par une faction ;
» Vous, maintenant les chefs d'une armée ennemie !!!
» C'est odieux : Eh bien, le centre vous renie ;
» Et ce banc où jadis vous siégeâtes tous deux,
» Ne peut plus voir en vous que des ambitieux.
» Vous naguère soutiens de notre monarchie,
» Vous, qui si bravement combattiez l'anarchie ;
» Nous vous renions, nous ne vous connaissons plus;
» Renégats de nos rangs, vous êtes des Brutus !!! »

Il dit, et saisissant le verre d'eau sucrée,
Par les soins de l'huissier sous sa main préparée,
Il boit, et le liquide inoffensif et doux,
Lui caresse la gorge et calme son courroux.

Mais soudain après lui le fier Guizot s'élance,
D'un regard de mépris il le toise en silence,
Il parle, et dédaignant un si faible lutteur,
Au cabinet entier s'attaque son grand cœur.

« Ministère idiot, insuffisant, débile,
» A gouverner un peuple instrument inhabile,
» Qu'as-tu fait du pouvoir que je t'avais transmis ?
» Comment oserais-tu régenter les partis !
» Ministres courtisans, cachant votre faiblesse,
» Sous cet air de hauteur qui justement nous blesse,
» Ailleurs, le dos courbé, d'un air soumis et doux,
» Du maître vous prenez le mot d'ordre, car vous
» N'êtes que les commis d'un pouvoir qui se cache
» Sous vos huit nullités ; il faut bien qu'on le sache.
» Il faudrait comme vous que plians et soumis,
» Nous nous réduisions tous au rôle de commis.
» Tout ce qui marche libre attire votre haine,
» Dans le corps social vous mettez la gangrène ;
» J'avais de gouverner la noble ambition ;
» Votre moyen à vous, c'est la corruption !
» Vous attaquez par là notre faible nature ;
» Place au conseil d'état, croix d'honneur, préfecture,
» Emplois d'aide-de-camps, de cours, de tribunaux,

»Perceptions, octrois, directions, bureaux,
»Vous abusez de tout, et dans votre caprice
»Vous prodiguez l'argent et les fonds de police;
»Les places d'omnibus, les bureaux de tabac,
»Ont joué même un rôle en ce triste mic-mac.
»Autour de nous je cherche en vain l'indépendance,
»De servilisme, hélas! on gangrène la France.
»Injustice par ci, corruption par là,
»Collégues, il est temps d'y mettre le hola!
»Avant que jusqu'au cœur cette chambre pourie
»Ne tombe dans leurs bras, corrompue et flétrie,
»Chargeons ferme, et chassons ce cabinet maudit,
»Qu'on nous mette à sa place et vous verrez... J'ai dit.»

Pour relever le gant, c'est Molé qui s'avance;
A son ton grand seigneur, à sa noble assurance,
A son air important, froid, digne, officiel,
On reconnaît le fier président du conseil.

« Représentation, parlement, chambre basse,
»Quelque nom qu'on te donne: eh quoi! n'es-tu pas lasse
»D'entendre ces bavards, ces docteurs en courroux,
»Hurler, déblatérer, et s'attaquer à nous.
»Eux jadis honorés de nos huit ministères,

» Qu'ont-ils fait, avant nous, dites? ces pauvres hères,
» Petits ambitieux, gens de rien, parvenus,
» Mon Dieu, que seraient-ils sans juillet devenus?
» Ils devraient être encore au collége de France.
» A quoi donc aboutit leur pédante éloquence,
» Leurs discours ampoulés et leur docte fureur?
» A nous crier ici sans honte et sans pudeur,
» Ministres, ôtez-vous de là qu'on nous y mette ! »
» C'est peu poli, Messieurs, et qu'on me le permette,
» C'est absurde, quand on n'est pas majorité,
» Et que pour soi l'on n'a qu'une minorité,
» Assez forte, dit-on, mais nulle, divisée,
» De trente-six partis à l'envi composée.
» Rien ne répugne donc à leur ambition!
» Ils ont tendu la main à l'opposition,
» Embrassé le parti carliste avec tendresse,
» Choyé le radical, et flagorné la presse.
» Que veulent-ils, grands Dieux! dans ces rangs ennemis,
» Mille élémens divers se heurtent réunis :
» C'est monstrueux... Aussi, quand j'entends dans leur rag
» Nos fiers rivaux crier : *Fuyez devant l'orage*
» *Qui va vous accabler, hors d'ici, cédez-nous...*
» Quand nous n'y serons plus, eh! qu'y placerez-vous?
» Vous êtes trop, messieurs, pour siéger tous ensemble.

»Sur ce banc qui déjà sous huit personnes tremble :
»Et si vous triomphez dans un pareil cahos,
»Pour contenter chacun l'os n'est pas assez gros.

»Renoncez donc, messieurs, à votre ligue inique.
»Et que reproche-t-on à notre politique?
»C'est, à l'extérieur, que pliant les genoux,
»Des autres cabinets nous calmons le courroux !
»Que notre politique est mollasse et craintive !
»Que nous voulons la paix, à tout prix, quoi qu'arrive !
»C'est faux ! car nous avons pour répondre à cela,
»Alger et Constantine, et Saint-Jean d'Ulloa.
»Qu'on ne nous parle pas de Belgique ou d'Ancône;
»Messieurs, ce qui vaut mieux, messieurs, ce qui nous prône,
»La base essentielle à tout gouvernement,
»Le grand mobile enfin, nous l'avons, c'est l'argent.
»Lacave le dira, notre bourse est ornée,
»De trente millions de plus que l'autre année.
»Chers députés, si vous nous laissez sur ces bancs,
»Cela peut augmenter et grandir tous les ans.
»Repoussez donc, messieurs, l'adresse factieuse,
»Dont Guizot veut armer sa main ambitieuse.
»Vous soutiendrez le trône, et nous, nobles amis,
»Maintenus par vos soins, nous placerons vos fils.»

De son banc où rongeant son frein il se balance,
Comme un coursier longtemps retenu Thiers s'élance;
Il saisit la tribune, et là, tribun fougueux,
De sa faconde haineuse il allume les feux.

«Qu'ai-je entendu! c'est donc ce vil métal qu'on nomme
»De l'or ou de l'argent, peu m'importe la somme,
»Qu'on vous jette à la face, ici, pour emporter
»Cette approbation qu'on prétend mériter.
»Vil cabinet, qu'on peut appeler incolore,
»Voilà donc le Baal que ton génie adore!!!!!
»Moi je préférais la considération
»Quand je te présidais, à cet impur billon.
»Alors, on prisait les affaires étrangères,
»Même l'on approuvait mes trop lestes manières :
»J'ai frappé sur le ventre à lord Gray sans façon,
»Et je rendais dix points à mylord Palmerston.
»Sur le Pape j'avais une grande influence;
»Je crachais sur sa mule avec irrévérence.
»Un seul, un impudent qu'on nomme Nicolas
»Osa me méconnaître, or, de lui je suis las :
»Je pourrai bien un jour lui camper à l'échine,
»La Pologne exhumée, infernale machine
»Qui le ferait sauter comme un tyran qu'il est;

» Le drôle ! (il m'a traité, dit-on, de freluquet).
» Tu le paieras, tyran !...

» Revenons à vous autres
» Ministres ci-présents : vous dites, bons apôtres,
» Qu'on ne peut mordre à votre administration ?
» J'admire, en vérité, votre présomption !
» Oh! mes petits amis, moi Thiers, je vais vous dire,
» Ce que vous avez fait pour ce puissunt empire.

» (France que j'ai laissée choir en si faibles mains,
» Tu gémis de te voir confiée à ces nains !)

» Depuis tantôt deux ans, vous avez en Afrique,
» Changé dix fois, vingt fois, cent fois de politique ;
» L'Espagne ! elle est livrée au poignard du bandit ;
» Elle aime les Anglais, mais elle nous maudit.
» Vous avez refroidi l'amitié mercenaire
» Des nobles commerçans de la vieille Angleterre ;
» Au roi de Prusse, à ce bigot luthérien,
» Vous avez noblement, messieurs, léché la main.
» Vous avez, pour calmer du czar l'antipathie,
» Délaissé la Pologne, oublié Cracovie :
» Par nos braves longtemps contre tous défendu,

»A des soldats du pape Ancône est donc rendu.
»Devant l'Autrichien, en vain tu fais la roue,
»Molé, le Metternich comme un enfant te joue.
»Si j'eusse été là, moi ! l'on n'aurait pas osé
»Nous faire évacuer..... car j'aurais refusé.
»Est-il juste après tout, qu'un ministre s'abaisse,
»A l'imbécile loi de garder sa promesse !
»Sur ce chapitre, moi ! je n'avais rien promis.
»Toi seul, ô grand Périer, avait été surpris,
»Quand luttant vainement, à ton moment suprême,
»Tu n'étais déjà plus que l'ombre de toi-même.
»Sur la Suisse, Messieurs, je ne dirai qu'un mot ;
»C'est que le cabinet s'est conduit comme un sot,
»En faisant pourchasser de province en province,
»Cet innocent Louis, qui veut trancher du prince.
»A l'empereur manqué, pauvre conspirateur,
»Moi, j'aurais envoyé Guizot pour précepteur.»

Ici l'orateur prend le verre d'eau sucrée ;
Sa verve s'y retrempe encor plus acérée.

« Maintenant, si j'en viens à ton plus grand méfait,
»Pour la Belgique dis, grand Molé, qu'as-tu fait ?
»Ce peuple ami du mien, sentinelle à ma porte,

» Cette tête de pont ; ce pays qu'il m'importe
» De faire riche et fort, contre mes ennemis,
» A ses puissans voisins tu veux le voir soumis ! ! !
» Quoi ! si tu n'as pas fait à l'entêté Guillaume
» Reconnaître plus tôt la Belgique en royaume ;
» Aujourd'hui, qu'il lui plaît pour embrouiller les jeux,
» De dire oui, tu veux que soumis et honteux,
» Le Belge, aux arrêtés de votre conférence,
» Fasse soumission à l'instant, sans balance ;
» Pour se voir dépouillé de deux peuples amis,
» Par ton ambassadeur joint à ses ennemis ! ! !

» Or donc, comte Molé, si ta chère Hollande
» A différé neuf ans, la Belgique demande
» Un répit d'autant, pour mûrir la question
» De pilotage et de délimitation.
» C'est juste assez ; et moi ! ministres incapables,
» Moi, j'aurais renvoyé Guillaume à tous les diables,
» Avec de bons propos, flanqués de bons canons :
» Voilà comment j'aurais tranché les questions.
» Mais je n'étais pas là ! j'y serai, patience :
» Je ne m'abonne à rien moins qu'à la présidence ;
» Et s'il reste après moi quelque siége non pris,
» Mon Dieu, j'y placerai nos principaux amis. »

Il a dit : le puissant Montalivet se lève ;
Sous sa rotondité son pourpoint doré crève ;
Il remplit la tribune, et près d'être écrasé,
Thiers s'efface, et s'enfuit par un chassez-croisé.

« Amis, oh! plus qu'amis, dévoués feudataires,
» Vieux et jeunes soutiens de nos huit ministères ,
» Laisserez-vous ainsi bafouer à vos yeux,
» Vos chefs vilipendés par des ambitieux ?
» Quand on veut supplanter des gens de notre force,
» Messieurs, il faut avoir du bois dessous l'écorce,
» Or le Guizot est sec comme un pédant qu'il est ;
» Quant au Liliputien, au petit freluquet,
» Qui, vous l'avez tous vu, s'enfuit à mon approche,
» J'en mettrais comme lui dix au moins dans ma poche.
» Il ne faut pas des gens si peu proéminens,
» Pour manger le budjet, et nos appointemens.
» Puis nous sommes, d'ailleurs, des gens de bonnes races ;
» Nous vous faisons honneur, nous remplissons nos places
» Largement : il est rare et vous le savez tous,
» D'en trouver de plus gras, de plus dodus que nous:
» Oh ! c'est qu'avec amour l'Intérieur se soigne;
» Oh ! c'est que loin de nous tous les soucis j'éloigne;
» Et seul parmi nous tous le collègue Bernard,

» A notre honte, hélas! n'est pas gras comme lard.
» Ah! si nous l'emportions sur le parti contraire,
» Vous verriez engraisser notre pauvre confrère :
» Mais un combat à mort, un hourra journalier,
» Est bien fait pour maigrir le ministre guerrier.
» (Ceci soit entre nous, amis, et sans réplique ;
» Ce qu'il combat sans cesse, hélas! c'est la colique ;
» Et notre gros Prunelle, inspecteur à Vichy,
» Pour ce voulait déjà l'y doucher cet an ci).

» Mais ô vous, qui voulez que notre ordre de chose
» Ait le ventre dodu, l'œil brillant, le teint rose,
» Gardez-vous de changer, dans un but odieux,
» Nous, ses maîtres d'hôtel, nous, ses amis pieux,
» Qui pour cent mille francs chacun, pas davantage,
» Messieurs, vous le savez, lui faisons son ménage.
» Non! vous ne voudrez pas, bons centrus, chers amis,
» Nous exposer à jeun à nos fiers ennemis.
» Moi, de l'intérieur, le gros et gras ministre,
» Je redoute avant tout, Messieurs, un tel sinistre.
» Si le pain est cher, c'est la coalition
» Qui, pour nous perdre, fait l'accaparation,
» Et qui nous veut soumettre ainsi par la famine ;
» Ah! cette crainte affreuse et m'épuise et me miue;

»La diète !..... A ce mot, mon cœur est attendri :
»Ciel ! je m'en sens déjà défaillant et maigri.»

Mantalivet se tait, il pâlit, il chancelle ;
Ses amis éperdus poussent vers lui Prunelle ;
Et l'énorme docteur, interrogeant le pouls,
«Cela peut arriver à chacun d'entre nous ;
»Ce n'est pas dangereux, dit-il, cela s'appelle
»Indigestion..... comme on me nomme Prunelle.»

Apercevant le centre attendri, Duvergier
S'élance sur un ton matamore et guerrier.

«Mangeurs d'un gros budjet, ministres, faibles êtres,
»Vous êtes tous, dit-il, des avortons, des traîtres ;
»Et je ne sais ce qui réprime mon courroux,
»Et m'empêche à l'instant de vous avaler tous.
»Que ferons-nous donc d'eux, ô Guizot, ô mon maître?
»Ça ! veux-tu qu'à l'instant je fasse disparaître
»Ces quelques mirmidons? tu n'as qu'à compter trois,
»Tu vas les voir tomber au seul son de ma voix.
»Du ministère entier notre doctrine est lasse ;
»A mort ! et qu'à son banc vîte il nous fasse place.
»Car, vous le savez tous, dans le moment présent,

»Ce faible cabinet est trop insuffisant.
»A vous les peindre ici, Messieurs, ma verve est prête.
»Eh ! que vois-je à ce banc trôner à votre tête ?
»Un Barthe, ex-avocat, carbonaro d'abord;
»Rosamel dans son banc ancré comme en un port
»A l'abri des dangers du théâtre nautique ;
»Bernard, pour un guerrier terriblement étique ;
»Salvandi, qui jadis fit des romans si beaux,
»Succombe, à dire vrai, sous ses lauriers nouveaux.
»En vain Martin (du Nord) nous arrive et travaille ;
»A nos chemins de fer a-t-il fait rien qui vaille ?
»Vous le savez, Lacave, est pauvre financier,
»Et n'ose réprimer l'agiot du boursier.
»Quant à ce gros garçon, Montalivet Camille,
»Ses talens, on le sait, sont connus dans la ville ;
»Il cuisinait jadis, avec heur et relief;
»Et s'il n'était ministre, il serait un grand chef.

»Molé!... nonchalamment sur son banc se balance ;
»Je ne puis trop, amis, déplorer l'impuissance
»De ce chef inhabile, et superficiel,
»Insuffisant cent fois au moment actuel ;
»Car nous sommes, Messieurs, environnés d'abîmes;
»Qu'a-t-il fait que servir toujours tous les régimes;

»Sous l'empire, il a fait un écrit fort peu lu ;
»Un pamphlet en faveur du pouvoir absolu.
»La restauration l'a vu souple et fidèle,
»La servir humblement de son bras, de son zèle.
»Depuis mil-huit-cent-trente, il nous a fallu voir
»Ce Molé revenir par deux fois au pouvoir ;
»Pour laisser bafouer, repousser en arrière,
»La fière nation qui fit trembler la terre ;
»Si le Français n'est pas en tous lieux immolé,
»Ce n'est pas, Dieu merci, la faute de Molé ;
»Que la Prusse, ou le pape, amis, nous humilie,
»Jamais Molé ne rompt, non Messieurs, mais il plie :
»Voilà quel est le chef que le centre s'est fait.

Molé s'écrie : « Amis du noble cabinet,
»A de pareils discours ne vous laissez pas prendre,
„C'est un mauvais pamphlet que vous venez d'entendre. »

Les centres à ces mots applaudissent soudain ;
Le coalisé siffle, un cahos surhumain,
Tohu bohu sublime, envahit l'assemblée ;
Par mille cris divers l'enceinte est ébranlée.
Celui-ci, dit : bravo ! l'autre : à l'ordre Molé !
Hauranne, à la tribune, écume échevelé ;

Les chefs sentant des leurs l'ardeur impatiente ,
Sont prêts à les lancer dans l'arène sanglante ;
Dupin, à son fauteuil, en vain se dépitant,
A brisé sa sonnette, et retombe haletant.
En vain il veut poser son chapeau sur sa tête ;
Sonnette, chapeau, tout a fui dans la tempête :
Les droits du président sont honnis, méconnus ;
Dupin s'épuise hélas ! en efforts superflus :
Le rude président sent fermenter sa bile ;
Mais prenant aussitôt son parti, l'homme habile,
Pour vaincre ce cahos qu'il ne peut dominer,
Par l'huissier fait sonner la cloche du dîner.
Din, din, din!... A ces sons l'assemblée orageuse
A calmé tout à coup sa fougue impétueuse ;
L'un a saisi sa canne, un autre son manteau ;
Fulchiron éperdu cherche en vain son chapeau ;
Dans un doux paletot Pagès plongé s'élance,
Sauzet a revêtu sa houpelande rance ;
Gridaine a laissé choir ses lunettes, Vigier
Prend un cigarre, et fume au nez du gros Berryer.
Aux couloirs encombrés on entend des sons rauques;
Thiers prend son parapluie, et Guizot met ses socques,
Tandis que s'approchant du noble cabinet,

Un groom, dit: «Messeigneurs, votre équipage est prêt.»

Montalivet sourit, et sa voix attendrie
Dit : Amis à demain ! car la soupe est servie.

CHANT TROISIÈME.

Argument. Introduction. Apostrophe aux romanciers modernes. Frayeur des coalisés. Mot outrageant de Thiers. Fureur des centres. Lamartine à la tribune. Dityrambe sur le siècle, Odillon Barrot. Barthe lui répond. Berryer succède et demande la réforme.

O Dumas, ô Balsac, ô Soullié! mes sublimes;
O grands peintres du cœur et de ses noirs abîmes!
O Karr, ô Jal, ô Sue, ô Sand... et pour finir
O Hugo! vos lauriers m'empêchent de dormir.
Dans mon mol édredon en vain ma tête plonge;
Vos héros, vrais satans, me poursuivent en songe
Et quand j'ai parcouru, tout palpitant d'effroi,
Vos pages où le crime est préconisé roi;

Où fleurit l'adultère, où trône l'homicide ;
Où tout génie invoque un *petit* suicide ;
Je cherche autour de moi, dans mon siècle éhonté,
Les traits dont vous peignez notre société.
J'appelle en vain, je guette un pauvre petit crime...
Pas un coup de poignard ! pas une horreur intime;
Je ne vois que des gens fort soumis à la loi,
Qui sont faits comme vous, qui sont faits comme moi;
Si la vie intime est comme vous l'avez vue,
Il faut que nous ayons, vous ou moi la berlue.
Perclus, galvanisé, frêle et tremblant lecteur
Je vous relis pourtant, mais je frémis d'horreur ;
A voir comme le crime ainsi de source coule,
Vous me faites, morbleu, venir la chair de poule.
Vous me damnez cent fois... ma parole d'honneur.

⁂

Mais si je vois la vie ardue et politique
De nos hommes d'état, vie ouverte et publique,
Car le premier venu peut y mettre le nez,
De quels tableaux honteux nos yeux sont étonnés !
Là rampe à pas couverts, la souterraine brigue ;

Là verse ses poisons la ténébreuse intrigue ;
Des gens, rivaux hier, marchant du même pas,
Se donnent à l'envi des baisers de Judas.
Là, l'esprit de parti, la noire calomnie,
L'ambition, l'orgueil, la sourde félonie ;
Crimes que tu nous peins dans ta verve en courroux,
O dramaturge Hugo, se donnent rendez-vous.

⁂

Les deux camps sont rentrés l'arène bruyante :
Chez les coalisés court rapide, effrayante,
Une nouvelle... c'est que pendant cette nuit,
Dans un souper brillant prolongé vers minuit,
Molé, cherchant partout de nouveaux satellites,
Dans leurs rangs même a fait de nombreux prosélites;
Qu'abandonnés, trahis, menacés dans leur camp,
Le terrain, sous leurs pieds, n'est qu'un vaste volcan:
Mais, à peine sorti de sa molle calèche,
Thiers les rassure, et seul s'élançant sur la brèche :

« Honorables amis, l'ai-je bien entendu ?
» Quelque coalisé s'est-il déjà rendu

»Lâche, esclave et félon, à l'armée ennemie;
»Oh! mon âme ne peut croire à cette infâmie,
»Et si je connaissais un traître parmi nous,
»Il ne soutiendrait pas mon regard en courroux.
»Mais non, j'ai confiance en votre ardeur guerrière;
»La coalition de tous ses fils est fière,
»Et nous, vos braves chefs, de vos efforts aidés,
»Nous vaincrons le ministre, et tous ses *affidés.* »

A ces mots du héros, une clameur immense
Des rangs du ministère et du centre s'élance;
Barbet à l'orateur montre les dents, Bompard
Lui lance sa médaille en guise de poignard;
En imprécations le Fulchiron s'emporte,
Loquet veut qu'à l'instant on le mette à la porte;
Thil lui montre le poing, et toi, Royer Collard,
Toi, qu'on croyait muet, tu l'appelles bavard.
Gridaine le maudit, Jars le nomme bravache,
Au nez, Jacqueminot lui jette sa cravache.
Tous les centrus sur lui vont s'élancer en bloc.
Le héros veut en vain résister à ce choc,
Il cède : à ses côtés s'élance Lamartine;
D'un poétique feu son regard s'illumine,
Il prélude, et la chambre attentive à ses chants,

Calme pour l'écouter ses transports délirants.

«O jour de deuil ! ô jour désastreux et funeste!
» D'un grand homme d'état voilà donc ce qui reste !
» Thiers le fiel à la bouche, et la colère au front,
» A la face nous jette un mot comme un affront.
Affidés!.. monsieur Thiers! sachez-le, nous ne sommes
» Nullement affidés de ces huit nobles hommes ;
» Par le cœur seulement nous leur sommes unis.

» Voilà comme en nos jours se traitent les partis :
» O siècles trop pervers ! ô humaine misère!
» O sainte vérité, qu'on bannit de la terre !
» Tu le sais, ô mon Dieu, si je subis la loi,
» Des choses d'ici bas? *ma conscience et toi !*
» N'est-ce pas la devise inscrite à ma bannière ?
» Ma lyre, à ces combats, fut longtemps étrangère ;
» Aux luttes des partis si je mêle ma voix,
» Le barde de son cœur n'a pas suivi le choix.

⁂

« Ah ! dans mon ardente jeunesse,
Quand au pied de ton saint autel,

Le cœur plein d'une chaste ivresse,
Je chantais les anges du ciel,
Dans mon harmonieux délire,
Je savais tirer de ma lyre
Des cantiques doux comme miel :
Maintenant la corde vibrante,
Ne donne, rude et déchirante,
Que des sons de haine et de fiel.

»L'homme jeune souvent s'abuse;
D'abord je méconnus ta loi;
Les premiers trésors de ma muse,
Mon Dieu, ne furent pas pour toi :
Dans mon fol et mondain délire
Jadis je chantai mon Elvire,
Je soupirai pour la beauté;
Qu'aujourd'hui ma lyre guerrière
Ne chante plus qu'un grand mystère,
Un mythe saint : l'*Humanité*.

»L'*Humanité!* noble symbole,
Mythe du seul but social,
Où l'homme à ses frères s'immole.....
Ah! sous le ciel oriental,

Où le Liban lève sa tête,
Voyageur, député, poète,
J'ai pesé le bien et le mal ;
Là, j'ai lu dans le sanctuaire,
Et de l'école humanitaire,
Là, j'ai fondé le piédestal.

»C'est à quoi j'immole ma vie :
A ce but tendant tous mes vœux ;
En vain la cabale ennemie
Me traite ici de vaporeux :
Poète, dans ma course immense,
Je méprise, moi, la distance
Du but où l'on me voit courir ;
Dans le vague je suis sa trace,
Mon âme dévore l'espace
Et je me fie en l'avenir.

»Mais combien le présent est sombre de tempêtes ;
Le siècle est perverti !
Un vertige infernal frappe toutes les têtes,
C'est l'esprit de parti
Chacun de nous courant au bord du précipice ;
Ah ! c'est horrible à voir !

Frémit sous un démon, comme une pythonisse :
Le démon du pouvoir.
Oui la chambre est semblable à cette Babylone
Ingrate à l'Éternel :
C'est la tour de Babel, où chacun s'échelonne
Pour attaquer le ciel.

»Et chacun t'oubliant, ô France, ô ma patrie,
»Chacun n'adorant plus que son propre génie,
»Veut être président, ministre, homme d'état :
»Pour son intérêt propre ici chacun combat.
»Ah ! loin de cette indigne et trompeuse carrière,
»Le barde, de ses pieds secouant la poussière
»Devrait fuir... Mais j'entends la voix de mon pays;
»L'humanité le veut, il le faut, j'obéis. »

»Oh, chambre perverse,
Sans cœur et sans foi,
Que ma bouche verse
Comme douce averse,
La grâce sur toi.
Ma lyre t'implore,
Il est temps encore,
Arrête tes coups ;

Notre ministère
Saura, je l'espère,
Calmer ton courroux.
Ah ! vivons en frères,
Et que les colères
De tous les partis
Par nous ébranlées
Tombent, immolées
Au bien du pays. »

Un murmure flatteur a suivi le poète ;
Montalivet sourit, Salvandi lui fait fête ;
Les ministres, de Thiers le proclament vainqueur,
Et les centrus charmés applaudissent en cœur.

Mais Odillon-Barrot d'un pas grave s'avance :
A la chambre en rumeur il impose silence.

» Ce n'est point par des chants plus ou moins applaudis,
Vous le savez, Messieurs, qu'on gouverne un pays:
» Le Barde mâconnais s'est perdu dans le vague ;
» Sa lyre nébuleuse et détonne et divague.
» Soyons plus positifs ; arrière la chanson !

»Et n'acceptons pour loi que l'austère raison.
»C'est le raisonnement qui seul pourra nous battre :
»Est-ce donc par des chants que Molé veut combattre?
»Aussi bien, pourrait-il de monseigneur Quélen
»Employer les enfans de chœur et le lutrin!
»Car on a relevé la gent sacerdotale,
»Et notre cabinet craint la mule papale,
»Et pour me faire niche, et me mettre aux abois,
»Il répare à grands frais Saint-Germain-l'Auxerrois.
»Ah! si j'étais préfet!...

Mais laissons ces bamboches :
»Au cabinet je fais, moi, bien d'autres reproches;
»Pour ne pas l'attaquer sur un refrain banal,
»Je veux prouver qu'il est peu gouvernemental :
»Que du gouvernement il fausse le principe.
»De la nécessité c'est en vain qu'il excipe :
»Depuis tantôt neuf ans le peuple souverain
»Dit qu'on remet toujours son empire à demain;
»Et nous ses députés, et nous ses mandataires,
»Nous entendons gronder les lions populaires.
»Or, il faut gouverner et par nous, et pour lui.
»Le bras qui fait un trône est son meilleur appui.
»Mais au lieu de cela, voyez le ministère?

» Aux intérêts du peuple il déclare la guerre ;
» Esclave de la cour, il veut nous dominer :
» Le roi régne, c'est bien : mais doit-il gouverner ?
» Non ! le gouvernement doit être dans la chambre;
» Et quand le ministère, en valet d'antichambre,
» Venant signifier les ordres de son roi,
» Nous dit imprudemment : *Messieurs, l'état c'est moi :*
» *Si vous nous attaquez, c'est attaquer le trône* ;
» *Et si vous nous chassez, c'est braver la couronne,*
» *Compromettre l'état !* Ministres, taisez-vous.
» Vous errez grandement... Messieurs, *l'état c'est nous !*

Le noir garde des sceaux, le ministre en simarre,
Barthe, péniblement de son banc se sépare.
La tribune gémit sous l'homme de la loi.

«Nous sommes, nous, messieurs, les ministres du roi:
» Le roi nous a nommé dans sa prérogative ;
» Et quand monsieur Barrot vient, d'une voix plaintive,
» Crier au despotisme, et nous dire céans,
» Que nous, issus du roi, nous ses représentans,
» Nous devons gouverner pour et de par la foule ;
» Il se trompe..... Le peuple est une grande houle,
» Une orageuse mer dont le navigateur,

» Se nommât-il Barrot, n'est pas toujours vainqueur.
» A lui donc bien permis d'être le mandataire
» De ce qu'il a nommé le lion populaire ;
» Pour moi je veux rester le ministre du roi,
» Le grand justicier, le gardien de la loi ;
» Je frappe les pervers, les forçats, je les dompte ;
» De mes antécédens à nul je ne dois compte.

» Messieurs, à ce propos, un mot sur le barreau,
» Cet ordre d'avocats qui devient mon bourreau.
» L'avocat croît partout, l'avocat nous dévore ;
» Un avocat me fait l'effet du minotaure ;
» Un avocat me donne une indigestion ;
» Les avocats ont fait la révolution :
» Ah ! si je fus jadis coupable de ce crime,
» Je l'expie aujourd'hui car je suis leur victime.
» Aussi j'ai mis à l'ordre, à mon conseil d'état,
» Et j'ai pris pour devise : *Honni soit l'avocat !* »

Les deux camps ont souri de la lourde boutade ;
Chaque avocat a pris sa part de la bravade ;
Barrot, Barrot lui-même en rit de tout son cœur,
Et Berryer s'avançant réplique à l'orateur.

C'est Berryer ! ! ! le voici, ce roi de la parole...
Silence... on entendrait le moucheron qui vole.

«Le ministre des sceaux nous attaque en hussard,
»Messieurs, qu'en dites-vous? pour moi j'en prends ma part.
»D'un si noble courroux moi je le remercie;
»Il m'amuse vraiment, bien loin qu'il m'humilie;
»Et s'il déteste ainsi ses pauvres avocats,
»Nous autres, nous n'aimons pas trop les renégats.
»Renégat au barreau, renégat à la presse,
»Renégat à ses clubs où brillait sa jeunesse;
»Il peut impunément braver notre courroux;
»Siméon lui ménage un refuge assez doux.
»Mais laissons-là les sceaux, la simarre et lui-même.

»Députés du pays, pouvoir grand et suprême,
»J'aborde franchement la grande question :
»Le dada bien aimé de l'opposition.
»Messieurs! depuis long-temps la France attend sous l'orme;
»Il lui faut les hustings, il lui faut la réforme.
»De citoyens français trente-trois millions,
»Sont-ils représentés par nos élections?
»De deux cent mille à peine incomplets mandataires,

»Il nous faut, voyez-vous, aborder les primaires,
»La double élection, les états généraux.
»Oh! que les résultats en seraient grands et beaux :
»Une ère de bonheur renaitrait pour la France,
»Les partis s'embrassant partout feraient silence;
»Plus d'ennemis, messieurs, plus d'opposition ;
»Pagès aurait bientôt donné sa démission;
»Cormenin laisserait ses pamphlets dans sa poche;
»Barthe redeviendrait un clerc de la basoche;
»Guizot à la Sorbonne irait faire des cours;
»Thiers-Tacite écrirait l'histoire de nos jours;
»Arago, dans les cieux allant chercher fortune,
»Peut-être arriverait en ballon dans la lune.

»Amis, tout ce bonheur, ce règne fortuné,
»Par mon jeune héros, certes, serait donné :
»(Prenez mon ours), héros né de la vieille tige,
»Ah! si jamais mes yeux devaient voir ce prodige,
»Je me convertirais, je dirais *Hosanna!*
»Et je me priverais six mois de l'Opéra,
»De Wisk et de Brelan, et de vin de Champagne...
»Bonsoir : je m'aperçois que je bas la campagne;
»Il est tard, je vais prendre un punch à Tortoni

» Et ce soir je m'en vais entendre la Grisi.

. . . .

. . . .

Il part : ses quinze amis vocifèrent en chœur :
« Vive notre Berryer ! « Bonsoir, grand orateur !

CHANT QUATRIÈME.

Argument. Invocation à Julia Grisi. Salvandi à la tribune. Pagès lui riposte. Fureur du ministre des centrus. Combat et mêlée. Combats singuliers, Dupin et Jaubert. Clément et les deux Périer. Les coalisés ont un moment l'avantage. Frayeur des Ministres. Grand coup d'un petit homme. Thiers s'attaque seul à tout le ministère. Il renverse sept ministres et tombe lui-même dans un piége. Dissolution et triomphe du comte Molé.

Février.

Grisi, diva Grisi ! sublime enchanteresse,
Ta voix dit tour-à-tour la joie et la tristesse ;
Que tes accens d'amour, que tes cris de douleur,
De douleur et d'amour ont fait battre mon cœur !
J'ai senti tes remords, grande SÉMIRAMIDE,
NORMA, j'ai détesté ton Pollion perfide ;

Douce SOMNAMBULA, que j'ai tremblé pour toi !
BOLLENA, qu'à tes pleurs j'ai ressenti d'émoi !
Près du saule à tes pieds, plaintive DESDEMONE,
Mon cœur se sent mourir, mon âme m'abandonne.
Un signe de tes yeux, ANNA, ton ravisseur,
Don Juan va tomber sous mon glaive vengeur.

GULIA, que de fois, ange de mélodie,
Ta voix à ses accents a suspendu ma vie.
Dans ma stalle inconnu, j'étais là palpitant,
Les yeux fixés aux tiens, et le cœur haletant.
Noble présent du ciel, douce voix d'une femme !
Ah ! que tu sais toucher les fibres de mon âme !
Timide admirateur dans la foule perdu,
Tes chants m'ont fait goûter un bonheur inconnu;
Mélodieux amour, pur comme une pensée.
Ta voix rendait la vie à mon âme oppressée :
Quand j'étais sous le charme, immobile, oublieux,
J'abandonnais la terre, et me croyais aux cieux.

Grisi, dans notre chambre, ardente, furieuse,
Si ta voix éclatait, pure, mélodieuse,
Centrus et radicaux subitement amis,
Oubliant leurs combats, t'écouteraient ravis.

Vois-les à tes accens, ma noble et belle reine,
Déposer à tes pieds la colère et la haine.
Cormenin ne mord plns, Fulchiron tout contrit
Vient serrer tendrement la main à Larrabit.
Persil prend son mouchoir; le bon Dupont de l'Eure
Sur Pagès attendri comme un doux agneau pleure,
Jaubert, ému lui-même, est venu soutenir
Dupin, le grand Dupin, près de s'évanouir.
Mais, comme une déesse, invisible en la nue,
Grisi, tu n'es pas là; le combat continue;
Pour vaincre Berryer par la chambre applaudi,
Bernard à la tribune a poussé Salvandi.

« Amis, serrons nos rangs; le cabinet l'emporte:
» Ne l'avez-vous pas vu sortir par cette porte
» Ce redoutable chef, d'éloquence bardé?
» Leur drapeau, mes amis, est déjà mal gardé:
» Comme on baille à ses cours, Guizot lui-même baille;
» Thiers fatigué ne peut ranimer la bataille;
» Odillon et Pagès, nos plus fiers ennemis,
» Sur leurs bancs affaissés se sont presque endormis.
» Frappons! et qu'à nos cris de gloire et d'allégresse,
» La coalition devant nous disparaisse.
» Je voulais amener pour nous aider ici,

» Le corps académique et l'Institut aussi ;
» Mais avec ces messieurs, hélas ! je suis en guerre,
» Ils se sont révoltés contre mon ministère,
» Et si notre combat dure jusqu'à demain,
» Notre Université me glisse de la main.
» Je vois même Jomard qui menace ma tête,
» De ses mille bouquins comme d'une tempête;
» Et peut-être devrais-je, autre calife Omar,
» Dans sa bibliothèque aller rôtir Jomard.
» Mais nous fiant, amis, à vos ardeurs guerrières
» Nous n'avons nullement besoin d'auxiliaires ;
» Frappons, exterminons de ces coalisés,
» Les bataillons épars, et les rangs divisés.
» Comme disait Henri d'amoureuse mémoire,
« *Que qui m'aime me suive, et marche à la victoire*! »

Il dit : et les centrus exaltés à sa voix,
De leurs bancs ébranlés se lèvent à la fois ;
Mais Molé de la main les arrête et les calme.
Et Pagès saisissant l'académique palme,
Dont Salvandy se fait un faible bouclier,
Il en frappe le chef du débile guerrier.
Oh ! de ce coup fatal incroyable prodige !
A peine est-il touché par la magique tige,

L'éloquent Salvandi, comme frappé de mort,
Soupire, étend les bras, ferme l'œil, et s'endort.

« Je suis las d'écouter ces roquets d'éloquence,
» Dit Pagès : le lion s'endort en silence ;
» Mais ils l'ont réveillé : je n'étais qu'endormi ;
» D'un premier coup de dent j'immole Salvandi.
» Qu'ils viennent m'attaquer, dix, vingt ou trente ensemble,
» Qu'ils viennent tous... Je crois, cadédis, que l'on tremble.
» Aussi, pourquoi troubler le sommeil du lion ?
» Mon Dieu ! je digérais un innocent mouton ;
» Et puisque sous ma main le verre d'eau sucrée
» Se trouve tout à point, permettez qu'altérée,
» Ma gorge s'adoucisse : (il boit et reprenant,)
» Vous le savez, je suis quelque peu dévorant ;
» Je couche chaque soir avec la république ;
» Et votre royauté me donne la colique.
» La charte n'est pour moi qu'un sale parchemin,
» Mais nos coalisés sont en si bon chemin
» De travailler pour nous, de faire et de défaire,
» Que sans m'en occuper ils feront mon affaire.

» Heureux, ô mes amis, heureux quand nous verrons
» Recommencer le cours des révolutions.

»La révolution !... je l'ai là dans ma poche ;
»Je n'ai qu'à la lâcher... mais qu'on ne me reproche
»De venir cette fois vous prendre au dépourvu :
»Vous allez voir ce qui ne s'était jamais vu ;
»Non ! ce ne sera plus, certe, la même chose ;
»Nous la ferons pour vous, messieurs, à l'eau de rose.
»Le peuple d'autrefois n'était qu'un écolier ;
»Nous ne tuons ni roi, ni suisse, ni portier ;
»Mais nous intronisons la vertu, la morale ;
»Grammont dirigera la gent sacerdotale ,
»A la police ira présider Cormenin ,
»A l'éducation, aux écoles, Martin.
»Bachelu, Subervic, Thiars, voilà pour la guerre ;
»Nous pouvons avec eux braver toute la terre.
»Pour réformer les lois dans les deux parlemens,
»Notre Auguis produira cent mille amendemens ;
»Notre Arago lisant l'avenir dans les astres ,
»Pourra nous prévenir à point de tous désastres.
»Notre papa Dupont servant de chapelain ,
»Nous chanterons la messe à tout le genre humain.

»A l'œuvre donc, amis, coalition si chère,
»Démolissons d'abord ce faible ministère ;
»Puis après , s'il le faut, nous détruirons Guizot,

» Nous renverserons Thiers, et même toi, Barrot;
» Puis, sur tous ces débris posant ta base antique,
» Nous te verrons surgir, ma noble république!!! »

A ce nom odieux, le ministère entier
Se lève d'un seul bond et court sus au guerrier;
Sur ses pas les centrus exaspérés s'élancent;
Pour soutenir Pagès, Thiers et les siens s'avancent:
La bataille s'engage, et quatre cents héros
Se heurtent confondus dans un affreux cahos.
Les urnes de scrutin, les boules blanches, noires,
Les couteaux à papier, les sombres écritoires,
Les cannes, les chapeaux, les banquettes aussi,
On fait arme de tout pour frapper l'ennemi.
Les chefs cherchent les chefs: combats dignes d'Homère!
Dirai-je vos hauts faits, héros du ministère,
Molé, Montalivet, Lacave, autour de vous
Je vois vingt ennemis renversés sous vos coups.
Mais toi, Thiers, mon héros, combien ta noble rage
Dans leurs rangs éperdus a semé le carnage!
Que Guizot te seconde, et Pagès et Barrot;
Nos ministres battus vont s'enfuir au galop.

Que faisais-tu, Dupin, dans cette grande guerre?

Tu gagnais lentement les rangs du ministère,
Lorsque l'adroit Jaubert sur tes pas s'élançant
Au cœur te présenta son glaive menaçant.
Tu reculas d'un pas, et prenant ta sonnette,
Redoutable instrument sous ta main toujours prête,
Tu la lanças soudain au doctrinaire altier :
Jaubert croyant parer l'instrument meurtrier,
Voulut fuir... vains efforts! son destin était proche;
Jaubert, comme un lapin, était pris sous la cloche.

Par ce brillant exploit du président vainqueur
Les centres ranimés ont redoublé d'ardeur.
Bugeaud combat Clausel, qu'il harcelle sans cesse:
Lami poursuivant Thiars, dans un angle le presse;
Girardin sur son banc vient attaquer Martin;
Guizot résiste à peine à l'assommant Bertin.
Mauguin devant Vatout fuit et cède la place;
Baude sur Larrabit se rue avec audace;
Blanc, rouge de fureur, s'attaque à Duchâtel,
Le fier Jacqueminot extermine Michel.
Paixhans à Demarçay lançant sa noire boule,
Le frappe d'un obus, au milieu de la foule.
Qui tomba sous tes coups, mon brave Fulchiron,
Mon lion lyonais? Ce fut toi Ganneron.

Quoi! j'allais t'oublier, héros de la questure,
Bon Clément, cher à tous; toi qui, la chose est sûre,
Devenu malgré toi tapageur et guerrier,
Immolas de ta main les deux frères Périer,
Qui, comme des conscrits, redoutant ta vaillance,
Venaient, deux à la fois, t'attaquer en silence.
Toi qui pour résister à ces lâches pandours,
N'avais d'armes pas plus qu'un agneau de deux jours;
Que fis-tu? cher Clément! tu pris ta tabatière;
Dans les yeux du plus près tu lanças sa poussière;
C'était Joseph : Alphonse, à ce coup furieux,
Veut venger à l'instant l'honneur de tous les deux;
Mais ta main d'un huissier saisissant la perruque,
Périer fut sous ses crins plongé jusqu'à la nuque.
Ils tombèrent tous deux! et sur leur dos tracé
Tu mis ce mot sublime : *Exeant in pace.*

Cependant Thiers, monté sur un genêt d'Espagne,
Se montre au premier rang : Odillon l'accompagne;
Et les deux fiers rivaux maintenant réunis,
Ont mis hors de combat bon nombre d'ennemis.
Guizot les suit, Guizot armé d'une férule;
Sous son bras redouté Montalivet recule;
Pour amortir les coups du héros en fureur,

Il prend pour bouclier l'énorme *Moniteur;*
Et malgré le courroux qui dans son cœur s'allume,
Guizot brise son arme aux ais du lourd volume.
Sous ses yeux s'escrimant, son ami Duvergier
Ne se montre pas moins féroce, et grand guerrier.
Mais Pagès vient aussi leur prêter assistance;
Et les coalisés reprennent confiance.
Laffitte, Demarçay, Gauchiers pleins de valeur,
Du geste et de la voix soutiennent leur ardeur.
Dans le feu du combat, dans l'ardente cohue,
Nul n'entendrait tonner la foudre dans la nue.
Tout se confond, se mêle, on ne s'y connaît plus;
Et Molé voit plier à leur tour ses centrus.

Retranchés sur leur banc déjà nos huit ministres
Pleins d'effroi, regardaient les figures sinistres
Des chefs coalisés, qui poussant leur succès,
S'écriaient: « En avant! » Et toujours de plus près.
Barthe dans le codex marmottant des grimoires,
Cherchait à conjurer le flux des boules noires;
Martin voulait partir à l'instant pour le nord;
Rosamel s'occupait à regagner son bord;
Bernard, les sens transis, à son voisin nautique
Demandait un vaisseau pour gagner l'Amérique;

Lacave le banquier, pâle d'émotion,
Négociait gratis la constitution;
Malgré son *Moniteur* Montalivet lui-même,
Comme un homme à la diète, était blanc, vert et blême,
Toi seul, ô grand Molé! sans peur et sûr de toi,
Tu restais impassible et froid comme la loi;
Comme si tu savais, d'un signe de la tête,
Jupiter tout-puissant, arrêter la tempête;

Mais Thiers qui dans ce jour s'est couronné de gloire,
Thiers qui voit balancer encore la victoire,
Thiers veut par un exploit éclatant, imprévu,
Que le ministre soit par son seul bras vaincu.
Dépassant tout les siens, le héros téméraire
S'élance d'un seul bond au banc du ministère,
En s'écriant: « A moi la coalition! »
Tel fond l'aigle en fureur sur l'innocent dindon.
Du choc il a brisé Rosamel et Laplagne;
Bernard tombe sur Barthe et Martin l'accompagne;
Le beau Montalivet d'un revers terrassé,
Se débat, avec eux pêle-mêle entassé!
On eût cru voir tomber des capucins de carte:
Les avait-il frappés de tierce ou bien de quarte?
Je l'ignore; le coup n'en fut pas moins vainqueur,

Terrible! et les centrus frémirent de terreur.
Mais, Molé se recueille et l'attend en silence;
Il saisit le moment ou le héros s'élance;
Il ouvre vivement son portefeuille noir,
Et Thiers dans son élan y tombe sans le voir.
Refermant aussitôt la fatale serrure;
« Arrière, dit Molé, loin d'ici troupe impure!
» Ton chef est prisonnier, ô coalition,
» Meurs! car ainsi le veut la constitution. »
Et sur un parchemin qu'à tous sa main étale,
On lit en lettres d'or la sentence fatale:
LA DISSOLUTION! mot puissant et vainqueur;
La *coalition* tombe frappée au cœur;
Guizot, Pagès, Barrot, tout s'enfuit, tout s'efface;
Le camp coalisé disparaît dans l'espace;
Et nos législateurs éperdus, terrassés,
Par ce magique mot ont été dispersés.

Molé seul est debout sur le champ de bataille.
Grand homme va! ces gens n'étaient pas de ta taille;
Honneur à toi, Molé; gloire à toi! mon héros;
Après ces grands combats va prendre un doux repos.
Mais non... point de repos, toujours, toujours combattre!
Molé! garde-toi bien de te laisser abattre:

L'orage gronde au loin, les partis frémissans
Bientôt vont revenir plus forts, plus menaçans.
Alors nous te verrons encore à la tribune;
Et moi, moi qui chantai ta brillante fortune,
Tes travaux inouïs, tes combats de géant,
J'attends..... car tu seras un jour Molé-le-Grand !

CHANT CINQUIÈME.

Argument. Délivrance de Thiers. Désespoir de Molé. Les élections. Retraite du ministre. Lamentations de Jérémie Collard. Paris sans ministère. La partie de dez du destin. Le ministère incroyable. Epilogue.

Mars.

Intéressant captif, qui donc brisa tes fers ?
Amour, tu perdis Troie, et tu délivras Thiers !

De l'opposition, le chef était en cage ;
Molé se préparait à soutenir l'orage
Qu'on entendait mugir aux champs électoraux.
Chefs, sous-chefs et commis, ce peuple de bureaux,
Épluchaient sous ses yeux la matière éligible ;
On calculait le sûr, le douteux, le possible ;

Edmond Blanc, Girardin répondaient du succès;
Fonfrède promettait l'appui de ses pamphlets,
Molé se croyant sûr de la chambre future
Rêvait une facile et douce dictature.

Soudain un bruit sinistre a parcouru l'hôtel.
O désenchantement ! O désespoir mortel !
Un valet accouru, tremblant comme la feuille,
Dit que Thiers est sorti du fatal portefeuille ;
Que par une sylphide à l'instant enlevé,
De sa sombre prison le héros s'est sauvé.

C'était sa jeune femme, imperceptible fée,
Qui se glissant dans l'ombre auprès de ce trophée,
Où gémissait captif son époux adoré,
D'un coup de ses ciseaux l'en avait délivré.
Le traître portefeuille avait rendu sa proie ;
Les époux réunis s'étaient pâmés de joie;
Puis dans son phaéton, par madame emporté,
Thiers avait entonné son champ de liberté.
Couple de tourtereaux, exemple heureux et rare,
Beaux anges ! que jamais le sort ne vous sépare ;
Vous fûtes par l'hymen l'un à l'autre attachés,
Comme deux colibris au même nid perchés.

Mais le siècle présent est un siècle d'orages.
L'horizon est toujours sombre de noirs nuages ;
Siècle d'antagonisme et d'incessans combats :
Il dédaigne l'amour et ses tendres ébats.
Aux doux liens du cœur notre époque est fatale.
Thiers craint de s'endormir aux pieds de son Omphale;
La gloire de Molé lui dévore le cœur ;
Mais l'avenir est là... qui dira le vainqueur.
Cependant les deux camps se partageant la France ;
Dans des duels à mort retrempent leur vaillance ;
Devant leurs électenrs de nouveau transportés
Combattent sans faiblir tous nos ex-députés.
Qui pour Thiers et Guizot, qui pour le ministère ???
La coalition se montre ardente et fière ;
Elle prône les siens ; ses rivaux, les centrus,
Par les gens du pouvoir vivement soutenus,
Disputent pied à pied la victoire incertaine.
Dirai-je tous les flots de mensonge et de haine,
De sourde calomnie et d'irritans pamphlets
Que nos départemens ont reçu des préfets.
Auprès des électeurs plus ou moins coriaces,
Dirai-je les exploits, les intrigues vivaces
De nos coalisés ; qu'ils savaient bien alors
Courber l'échine et mettre en jeu tous les ressorts !

Flatter de l'épicier l'importante compagne,
Et miroboliser l'électeur de campagne ;
Heureux quand le vainqueur, quand l'honorable élu,
N'est pas hué, sifflé, vilipendé, moulu.

Ah! que nous sommes loin de la grande Angleterre !
En fait d'élections, c'est la classique terre ;
Tant que nous n'aurons pas la boxe et le porter,
Et l'husting mugissant, où l'on peut apporter
L'électeur ivre mort, qu'en taverne on raccole,
Le Français n'est encore qu'un gamin à l'école.
De nos élections le système est fautif,
Nous ne comprenons pas le représentatif.
Mais la France a parlé par la voix des colléges :
Combien de centriers ont perdu leurs doux siéges.
Le télégraphe parle, et Molé confondu ,
S'aperçoit que pour lui le combat est perdu.
Notre héros sans peur recueillant sa grande âme,
Remettant au fourreau sa redoutable lame,
Fier d'avoir aux partis si longtemps résisté ,
Reprend en soupirant sa douce liberté.

« O souverain pouvoir, puissant ordre de chose ,
» Dit-il, vous permettrez que mon bras se repose :

» Assez et trop longtemps pour vous j'ai combattu ;
» Dn notre quinze avril le système est battu.
» Je suis las ; je prétends abandonner la lice ;
» Voilà mon portefeuille,et... que Dieu vous bénisse.»

Tels furent les adieux du grand homme au pouvoir.
Mais voyez-vous partout comme le ciel est noir...
Écoutez ! sur la Marne un nouveau Jérémie
Verse des flots de pleurs sur la France endormie,
Près du gouffre béant des révolutions.

« O désolation ! abominations !
» Clâme Royer-Collard, l'antique patriarche.
» Notre race, mes fils, vers un abîme marche ;
» La fin du monde approche, et grondant sourdement
» Sous nos pieds le sol pousse un long gémissement.
» J'entends, j'entends mugir l'hydre de l'anarchie,
» Elle veut dévorer l'ordre et la monarchie ;
» S'introduire avec Thiers au nouveau cabinet,
» Et nous engloutir tous... Je vous le prédis net.

» Me faut-il dans la tombe avant que de descendre,
» Voir rouvrir ce volcan qui couvait sous la cendre ;

»Et comme un cormoran perché sur un écueil,
»Entonner sur nous tous un cantique de deuil.

»L'esprit sacré de Jérémie,
Enfants, hier soir m'est apparu;
Il avait la face ennemie,
L'œil flamboyant et l'air bourru.
Député de Vitry-sur-Marne,
Ta révérence en vain s'acharne
Comme un chanoine à s'endormir;
Mets mon capuchon sur ta tête,
De par lui je te fais prophète;
Tu vas lire dans l'avenir.

Puis il disparut dans l'espace;
Un indicible effroi me prit :
Un souffle passa sur ma face
Comme le souffle d'un esprit.
Farfadet, lutin, sylphe ou gnôme,
J'entendis frôler un fantôme,
Sur mes courtines de satin;
Ma chair en frémit sur ma couche;
Un fer brûlant toucha ma bouche
Et je prophétisai soudain.

»O Babylone infâme! ô Ninive! ô Gomorre!
»Pour te nommer, Paris! il en est temps encore,
»Repens-toi, repens-toi! foule aux pieds le Baal
»Que ta main a sculpté dans un temple fatal.
»Paris, de tous nos maux, taris ainsi la source,
»Renverse ce veau d'or qu'on adore à la Bourse,
»Chasse ses vils suppôts, ses agents effrontés
»Et du vol et du jeu monarques éhontés.

»Quel est ce monstre affreux dont la tête se dresse?
»C'est l'ogre, mes enfants, l'abominable presse,
»La bête souveraine aux regards furieux,
»Aux cent plumes de fer, aux cent dards venimeux.
»Sous sa griffe d'airain adorant ses oracles,
»Paris, si tu pouvais fouiller ses tabernacles,
»Et ses sombres bureaux pleins d'aigreur et de fiel,
»Soudain tu briserais le monstre et son autel.
»Vil esclave sans cœur, tu partages ses haines,
»Tu viens lécher la main qui te donne des chaînes;
»Tu bénis ton tyran, sa parole fait loi;
»Paris! il en est temps, repens-toi, repens-toi!»

»O ville en démence,
Reine de la France,

Ton heure s'avance,
A mon dire crois ;
Et de ton prophète,
Qui voit la tempête,
Ecoute la voix.
Mais ingrate ville,
Tu n'écoute pas
Ma langue sénile,
Mes tristes hélas.
Tu flânes, tu muses,
Tu cours au salon ;
Tu ris, tu t'amuses
Suivant la saison.
Tandis qu'à la porte,
Thiers et sa cohorte,
Berryer et Guizot,
Pagès et Barrot,
Vampires féroces,
Sans cœur et sans foi,
Vont de leurs carrosses
S'abattre sur toi. »

« O douleur ! ô revers ! donnez-moi mon cilice ;
» Que tout bon citoyen dans son âme frémisse :

» La gauche nous déborde... et sur un tel méfait
» Mon verbe s'est glacé. » Le prophète se tait.

Cependant le destin qui veille sur le monde,
Un soir sur nos cités faisant sa grande ronde,
Aperçut dans un coin de gaz étincelant
Paris, depuis un mois de ministres manquant,
La grande et noble ville à cheval sur son fleuve,
Assez paisiblement en subissait l'épreuve;
Malgré la giboulée on courait à Longchamps;
Grisi ! l'on s'étouffait, pour entendre tes chants;
Pour finir dignement le saint temps qui s'écoule,
Combalot, Ravignan faisaient courir la foule.
Paris chantait, flânait, digérait, étonné
De pouvoir vivre ainsi, sans être gouverné.
Or, prenant en pitié la grande capitale,
Pour siége, le dieu prit sa haute cathédrale;
Puis étendant les bras jusques au Panthéon :
« Il nous faut octroyer à cette nation,
» Sur un grand coup de dés, un puissant ministère;
» Pauvre France ! elle souffre, elle attend, elle espère
» Dans les hommes qui vont arriver au pouvoir;
» Réussiront-ils mieux (c'est ce qu'il faudra voir,)
» A dompter des partis l'incessante furie? »

Il dit : et pour sauver sur ce point la patrie,
Il renverse le dôme en guise de cornet ;
Il jette au fond des noms : pêle-mêle il y met
Nos Richelieu, nos Pitt, nos Necker, nos Valpole ;
Tous nos hommes d'état : La tremblante coupole
Frémit de contenir tant d'élémens divers,
Où s'agitent ainsi les bons et les pervers ;
Et sur le carrousel étalant sa partie,
Une première épreuve est de sa main sortie.
Il faut qu'au nombre huit les dés se réduisant,
Lui ramènent sans plus, un cabinet naissant.
Et que de ces huit noms, que le hasard rassemble,
Les porteurs réunis puissent marcher ensemble.

Le premier coup de dés donne Soult et Guizot,
Thiers, Villemain, Humann, Dupin, Sauzet, Barrot.
Les noms hurlent un peu ; mais qu'à cela ne tienne,
Au second coup jaillit : Teste, Cunin-Gridaine,
Duchatel et Passy, Dufaure, Duperré,
De Broglie : en orateurs le coup était ferré
On voit au coup troisième arriver Lamartine,
Duchatel et Guizot père de la doctrine,
Le vieux maréchal, et l'indispensable Thiers,
Rivaux d'ambition, de leurs lauriers trop fiers ;

Mais l'éloquente voix avec l'illustre épée
Dans un même faisceau ne peut-être groupée.
Le dieu recommençait en vain ses coups de dés ;
Toujours les mêmes noms étaient par lui vidés.

»Cela ne peut aller à notre ordre de chose ,
»Dit le destin ; tirons d'autres noms, et pour cause ;
»Prenons les premiers qui sortiront sous ma main ,
»Plus ou moins inconnus ; voici Girod de l'Ain ,
»Tupinier, Gasparin , Gauthier, Parant, Cubière ,
»D'Ancône débarqué la semaine dernière ,
»Lannes-Montebello , ce fier ambassadeur
»Qui l'an passé du Suisse a bravé la fureur. »
Là-dessus le destin lava ses mains immondes ,
A son œuvre sans nom sourit et disparut ;
Puis tout fut pour le mieux dans le meilleur des mondes,
Et le premier avril l'ordonnance parut.

⁂

Qui donc fait rire ainsi la foule qui se rue
Vers un large placard affiché dans la rue?...
Eh ! c'est notre ordonnance ! et ce peuple moqueur
Pour un poisson d'avril prend notre moniteur.

CHANT SIXIÈME.

Argument. Mois de mai. Situation politique. Soult aux Tuileries. Eclosion d'un nouveau ministère. Monologue de Thiers. Suicide d'un grand homme. Pêche de Fulchiron. Chant de victoire de Lamartine. La clôture.

Mai.

Cinq chants ! c'est trop peu : mon poème héroïque
Embrasse en ce moment l'horison politique.
Le poète n'est pas du ciel abandonné ;
Un nouveau ministère en ce mois nous est né.
Oyez petits et grands, la chose est d'importance,
Ce que le mois de mai réservait à la France.

Mois charmant du printemps, mois traître à la vertu !
O joli mois de mai ! quand donc nous viendras-tu ?

Ainsi criait Paris morfondu sous la bise.
Le ciel ne quittait plus sa teinte sombre et grise ;
Nos députés transis, nos fabricants de lois
Couraient en paletots et soufflaient dans leurs doigts.
Un jour même dans la salle de conférence,
Dupin oublieux de la grave présidence,
Se sentant glacé, prit par la taille Guizot,
Et pour se réchauffer lui fit faire un galop.
La coalition en tous sens tiraillée,
Sous Thiers et sous Barrot à peine ralliée,
Accusait la doctrine et se désunissait ;
Et traître à son parti Passy..... Passy passait !
Comme un tyran déchu Dupin vêtu de bure,
Ne montrait plus là haut sa redoutable hure ;
Et sur le doux fauteuil un député malin
Gravait : *Cy ne gît plus l'aîné des trois Dupin.*
Montebello, Gauthier, Girod, Parant, Cubière,
N'était là, disait-il, que pour boucher l'ornière,
Où sans un cabinet tomberait le pouvoir ?
L'ordre de chose était en train de concevoir
Quelque nouvel enfant prêt à naître avant terme.
Notre obélisque seul sur sa base était ferme ;
Car tous nos grands pouvoirs émus et chancelans,
De peur ou bien de froid, grelottaient tout tremblans.

Chaque jour voyait naître et mourir une liste ;
Thiers se rouillait le fil, Guizot perdait la piste ;
Perclus et racorni, Fulchiron éperdu
S'écriait : «Mois de mai, quand donc nous viendras-tu?

Or un jour que vainqueur de la brume enfumée
Un chaud soleil luisait sur la ville charmée,
Que flaneurs et badauds, ministres et commis,
Pour jouir du beau temps en courses s'étaient mis ;
Que Paris tout entier s'ébattait en goguette ;
L'émeute tout à coup arrive en trouble fête :
Elle éclate, elle frappe, et trois cents factieux
S'élancent au travers du peuple curieux
De voir la politique aux prises dans la rue.
Une émeute ! une émeute !... et la foule se rue
Partout où le tumulte et les coups de fusils
Lui disent qu'un poste est par l'émeute surpris.
La garde citoyenne et la troupe de ligne
Combattent là d'un air silencieux et digne ;
Le soldat marche près du paisible épicier ;
L'un se bat par devoir, l'autre pour son foyer.
Des gens inoffensifs, des curieux, des femmes,
Par les balles atteints, rendent leurs pauvres âmes ;
Les blessés qui toujours devraient être sacrés

Sont par les émeutiers sans pitié massacrés.

. . . .

. . . .

Ah! sur ces jours de sang tirons un voile sombre.
Honte à qui peut ourdir de noirs complots dans l'ombre,
Tuer en invoquant la sainte humanité;
Et le fer à la main prêcher la liberté!

Mais le grand maréchal qui dormait à cette heure,
Soult s'éveille, et courant à l'antique demeure
Où s'étaient réunis Roi, Pairs et Députés:
« Mon souverain, dit-il, j'accours à vos côtés,
» J'apporte mon grand sabre et mon illustre épée.
» Ma gloire de l'empire est bien un peu fripée;
» Mais de nouveaux lauriers je n'ai plus de souci.
» Si l'on se bat là bas, moi, ma place est ici:
» Faites marcher Bugeaud, Delessert et sa meute;
» Gérard aura bientôt bon marché de l'émeute,
» Et si le peuple veut le prendre sur ce ton
» Je puis pour en finir vous prêter mon bâton:
» Vous et moi reprenons notre importante affaire,
» Et sans désemparer faisons un ministère.

» Je prends qui l'on voudra de la gauche ou du tiers,
» Hormi cet intrigant, ce petit monsieur Thiers.
» A ces si beaux parleurs je suis antipathique
» Puis cela n'entend rien à votre politique.
» Voici Teste, Passy, Dufaure, et cætera ;
» Et pour les présider, sire, moi je suis là ! »

Alors le lendemain de l'émeute vaincue,
Quand le peuple attristé circulait dans la rue
Demandant au pouvoir du travail et du pain,
Il eut pour s'apaiser, Dufaure, Villemain,
Duchatel et Passy, Cunin-Gridaine et Teste.
L'amiral Duperré, Schneider et Soult en tête;
Ministère impromptu, nommé de fusion ;
(Je l'aurais surnommé, moi, de confusion.
Centre droit, centre gauche, impudente doctrine,
Tout lui dit courte vie et prochaine ruine.)
Deux mois pour ce chef-d'œuvre à tous les partis pris!!!
La montagne en travail enfante une souris.

Qu'êtes-vous devenus, hommes d'état que j'aime,
Molé, Thiers? qui jadis animiez mon poëme,

Nobles chefs de la gauche et du camp des centrus,
Thiers, Molé, nos héros, qu'êtes-vous devenus!
Avec vous chaque jour rimant vaille que vaille,
Je chantais des grands coups, une noble bataille;
La chambre divisée en deux partis égaux,
Vous honorait tous deux, fiers et dignes rivaux.
Pour guérir du pays les cruelles blessures,
Trop heureux aujourd'hui, nous avons vos doublures.
La chambre se morcelle, on ne s'y connaît plus;
Molé, Thiers, mes héros! qu'êtes-vous devenus!

C'était le lendemain d'une triste défaite;
La gauche, hélas! était en complète retraite,
Le centre avait choisi dans un combat sanglant
L'orateur lyonnais, Sauset pour président.
Dufaure, Passy, Teste, oubliant leurs promesses,
Abandonnant le camp témoin de leurs prouesses,
Se laissaient endormir dans leur nouveau fauteuil;
Et la gauche sur eux poussait des cris de deuil.
Ce soir là, sur les beaux rivages de la Seine,
Il faisait une nuit glaciale et sereine :
Mille étoiles brillant dans la voûte des airs
Semblaient être autant d'yeux sur notre globe ouverts.
Sur un des piédestaux vide de sa statue,

Au pont de la Concorde, une forme exigue,
Homme ou spectre drapé d'un petit manteau noir,
A l'heure de minuit lentement vint s'asseoir.
Comme Job maugréant sur son fumier immonde,
Cet homme dégoûté des faux biens de ce monde,
Dans des pensers de mort au fleuve se penchait;
Et sa douleur amère en ces mots s'épanchait :

« Ingrate chambre ! ingrat pays que j'aime encore !
» Avant que dans ces lieux ne renaisse l'aurore,
» Pour éclairer ma chute... un grand homme vaincu
» Par ces flots dévoré..... moi, Thiers, j'aurai vécu?
» Moi naguère premier ministre en perspective,
» Maîtrisant une armée à tout autre rétive ;
» Moi qui devrais guider le grand char de l'état,
» Abandonné, vaincu, je n'ai plus un soldat.
» Voilà donc à quoi sert le génie et la gloire ?
» Haine à tous ces hochets ! Ambition... déboire !
» Honneurs... vains oripeaux ! Pouvoir... rêve trompeur !
» Vous avez trop longtemps leuré mon pauvre cœur.
» Je suis las de lutter contre un mauvais génie;
» A mes heureux rivaux je laisse la partie.
» Mon cœur usé demande à tout prix le repos ;
» Et je le trouverai peut-être dans ces flots.

» Et cependant pourquoi la fortune changeante
» Arrête-t-elle ainsi ma carrière ascendante ?
» Deux mois ! j'étais alors le redoutable chef,
» Le puissant orateur, le génie en relief,
» D'un nouveau cabinet ministre indispensable ;
» Je pouvais tout saisir..... Deux mois ! tout est au diable :
» Ministère, fauteuil, influence, pouvoir,
» Gloire, honneurs et profits ; je pouvais tout avoir ;
» Tout me manque à la fois : et cette présidence
» Où je pouvais reprendre une ombre d'influence,
» Manipuler encor les partis..... C'en est fait !
» L'ingrate chambre a pu me préférer Sauset.

» Ma parole pourtant est encore énergique ;
» Mon génie ébranlant le monde politique,
» Pourrait revivre dans un prochain avenir,
» Ressaisir le pouvoir !... mais il faut en finir.

» Pauvres gens ; attelés au char du ministère,
» Quand tout gronde autour d'eux, mon Dieu, que vont-ils faire
» La chambre ! non jamais on ne vit rien de tel ;
» Lamartine l'a dit ; c'est la tour de Babel.
» La France ! (ingrat pays) ; c'est un tonneau de poudre,
» Un volcan qui contient la tempête et la foudre.

» L'Europe ! qu'il arrive un choc dans l'orient,
» Vous verrez s'élancer le monde guerroyant ;
» Et d'un vil Musulman ou d'un Cheick immonde
» En ce moment fatal dépend la paix du monde.

» Eh bien, pour faire face à tout événement,
» Nous, Français, nous n'avons pas de gouvernement.
» Un sabreur de l'empire, un maréchal antique,
» Se croit apte à former un homme politique.
» Le vieux soldat usé croit que les nations
» Vont marcher à sa voix comme des bataillons ;
» Pauvre Soult ! il n'est pas fort en diplomatie.
» Je devrais être là, moi ! c'était ma partie :
» Mais quand, pour veiller aux intérêts de l'état,
» Il faut un diplomate, on y met un soldat.

» Vous, astres inconnus, myriades de mondes,
» Qui brillez sur ma tête en vos voûtes profondes,
» Étoiles ! j'eus jadis un astre parmi vous :
» Oh qu'est-il devenu ? Dans mon destin jaloux,
» Je ne vois plus là haut scintiller mon étoile.
» Le destin me trahit, et mon astre se voile.....
» Adieu ! je vais chercher la mort au sein des flots ;
» Fleuve, emporte bien loin ma dépouille flétrie !

» Trop ingrate patrie,
» Tu n'auras pas mes os ! »

Et soudain s'élançant dans la froide rivière,
L'homme déchu tomba la tête la première.
Sous le malheureux Thiers le gouffre s'entr'ouvrit,
Et le palais Bourbou sur sa base gémit.
C'était lui dont la voix remplissait tant d'espace!!!!
Un bruit, un léger flot, un sillon qui s'efface,
Voilà ce que laissait le héros après lui :
Car ce fut un grand cœur !... dans un petit étui.

Ce jour là Fulchiron, qui se donnait vacance,
Et laissait par hasard chômer son éloquence
Qui déride à bon droit et la ville et la cour,
De la Seine suivait le gracieux contour.
Dans sa poche un flacon plein du jus de la vigne,
Le candide flâneur ! il pêchait à la ligne,
Quand son liège soudain fit un leste plongeon :
Il tire, et voit venir..... Thiers au lieu d'un goujon.
Incroyable Destin ! pêche miraculeuse !
L'éloquent Fulchiron avait la main heureuse,
Le noyé respirait... « Merci, roi des centrus,
» Dit Thiers; Dieu vous le rende : on ne m'y prendra plus. »

Qui donc embouche ainsi la trompette de gloire?
Alphonse célébrant la douteuse victoire
Des bien-aimés centrus à la doctrine unis
Chante le ministère et ses nobles amis.

⁂

« Gloire à nous! la bataille est enfin terminée,
» La coalition par nous exterminée
» Courbe la tête sous un ministre puissant.
» Et l'émeute frappée
» Par une illustre épée
» Rentre dans le néant. »

« Gloire à vous chers amis! Fulchiron et Gridaine.
De vos nobles accents la capitale est pleine;
Et la France applaudit à vos exploits guerriers:
Et l'Europe charmée,
Comme à la grande armée,
Vous donne des lauriers. »

⁂

« Si j'ai brillé dans cette guerre,
Si j'ai partagé ces combats,
A toi surtout grand ministère
Des lauriers ! moi je n'en veux pas.
Pourvu qu'un ange me la donne,
Je veux une simple couronne
De bluets dans les champs cueillis,
Ou qu'une jeune fille pose
De sa belle main une rose,
Sur mes cheveux trop tôt blanchis. »

⁂

« Mais quels puissants accords...........
» Mais quels puissants accords font résonner ma lyre ?
» Dans le sein du poète éclate un beau délire ;
Un Dieu même m'inspire,
Amis écoutez bien,
A notre belle France,
Je vais dire d'avance,
Son glorieux destin. »

⁂

«Avec le cabinet dont nous l'avons dotée,
»La France sera grande, et forte, et respectée;
»Sur le sol africain, grand Bugeaud tu vaincras!
»Sous le vieux maréchal le Français invincible
»L'emportera sur tous ses rivaux..... à la cible;
»Et Soult fera la barbe au grand czar Nicolas.

❋

»L'Anglais cessera de vaincre notre industrie;
»Le Belge nous prendra pour une autre patrie;
»Le pape à notre Thiers enverra des agnus.
»Restaurée à nos frais, l'innocente Isabelle
»Quittera sa poupée, et nous sera fidèle;
»Et nous serons du roi de Prusse bien venus.

❋

»Mais un grand cri de guerre à l'Orient s'élève;
»Du croissant qui pâlit le sort enfin s'achève.
»Stamboul tombe aux Anglais; l'Egypte nous attend:
»Nous reprenons Damas, le Caire, Alexandrie:

» Amis ! entendez-vous cette voix qui vous crie,
» *La gloire est encor là ! l'Orient ! l'Orient !* »

. . . .

N'entends-je pas partout demander la clôture?
La clôture !..elle approche,elle est même un peu dure.
Soult un jour dit d'un air benin et papelard :

«Messieurs nous demandons un petit milliard.
» Tant pour l'instruction, et tant pour la justice;
» Tant pour l'intérieur, et tant pour la police ;
» Tant pour l'ordre de chose et les aides de camp ;
» Tant pour loger, chauffer, blanchir un président ;
» Afin qu'en Orient notre flotte domine,
» Dix petits millions d'extrà pour la marine.
» Pour nous calculer tous en un chiffre tout rond,
» Neuf ministres ne font qu'un petit million :
» C'est peu certes, c'est peu pour un tel ministère :
» Plus... cinq cents millions, pour messieurs de la guerre.
» D'un chiffre si restreint le cabinet est fier ;
» Un petit milliard par an ! çà n'est pas cher :

»Plus, deux cent millions pour l'extraordinaire...
»Donnez-nous les, Messieurs; cela sera l'affaire. »

Ce budjet que nous tous, si gaiement nous payons,
La chambre le votait par acclamations.

FIN.

Envoi.

A vous ces chants ! à vous cher Ange de ma vie ;
Que votre doux regard au poète sourie.
L. . vous souvient-il ? vous les aimiez jadis
Quand aux bords de l'Angrône à vos côtés assis,
Sous vos cils abaissés j'allais chercher votre âme.
J'étais heureux alors !.... car vous m'aimiez, Madame !
Mon pauvre cœur blessé se reposait en vous.
Vivre longtemps ainsi L. . eut été trop doux !
Car je vous aimais tant ! et maintenant, aimée,
La vie est de regrets et d'amour parsemée ;
Il nous faut nous bercer dans un doux souvenir ;
Aimer, c'est espérer ; c'est croire à l'avenir.

Qu'à ce beau mois de mai l'âme se sent renaître :
Voyez, le chèvre-feuille envahit ma fenêtre,
Le lilas embaumé s'ouvre au pied de la tour,
Et pour s'épanouir la rose attend le jour.
Les prés et les massifs sont en blanc de rosée ;
L'aube paraît à peine à la côte opposée ;
La nature sommeille, on n'entend aucun bruit ;
Il n'est pas encor jour, il n'est déjà plus nuit.

Oh ! qu'à cette heure la pensée,
S'élançant au vague des cieux,
Erre doucement balancée
Dans des rêves délicieux ;
C'est alors que l'âme ravie,
Dénouant les nœuds de sa vie,
S'élance sans frein et sans loi,
Vers l'âme qu'elle s'est choisie :

La mienne est près de vous, amie ;
Ou la votre est là, près de moi.

Chacune alors, heureuse et tendre,
Dit à l'autre ces mots d'amour
Que les anges seuls font entendre
Entre eux au céleste séjour.
Elles disent comment les heures,
Dans leurs trop lointaines demeures
Où les fixe un lien bien lourd,
Passent tristes, inanimées ;
Et comment les âmes aimées
Doivent se retrouver un jour.

Mais sur mes tourelles qu'il dore,
Un doux rayon du soleil luit ;
Le rossignol chante l'aurore,
Tout se réveille, tout bruit ;
A ma fenêtre l'hirondelle
Gasouille et caresse de l'aile
Le nid objet de son amour.
Il faut quitter les doux mensonges ;
A la nuit les gracieux songes ;
Amie adieu ! voici le jour.

A vous ces chants, à vous cher ange de ma vie !
Que votre doux regard au poète sourie.

Du château d'Etrabône, 30 mai.

LACOUR ET Cie.—Imprimerie de RENÉ, rue de Seine, 32.

www.ingramcontent.com/pod-product-compliance
Ingram Content Group UK Ltd.
Pitfield, Milton Keynes, MK11 3LW, UK
UKHW021205220726
13924UKWH00003B/1334